Frank Osthoff

Stusszucker

12 Kurzgeschichten

Ein besonderer Dank gilt
Florian Gläser, Wolfram Klemm,
Gardenia Otterbourne, Bernd Waldeck
und allen anderen Unterstützern
und Sponsoren.

Frank Osthoff

STUSS ZUCKER

12 KURZGESCHICHTEN

Copyright 2020 by Frank Osthoff, Köln
1. Auflage
Druck: WIRmachenDRUCK GmbH, Backnang
Verlag: Edition Denzstraße, Frank Osthoff, Köln

Illustration:
Margarita Klimova, Sankt Petersburg
Jair Diederichs, Köln
Umschlaggestaltung, Satz und Graphikdesign:
Björn Locke, Nürtingen
Lektorat: Michaela Schmolinski, Gerolstein

ISBN 978-3-0006-6516-5

Das Werk, einschließlich seiner Teile, ist urheberrechtlich geschützt. Jede Verwertung ist ohne Zustimmung des Verlages und des Autors unzulässig. Dies gilt insbesondere für die elektronische oder sonstige Vervielfältigung, Übersetzung, Verbreitung und öffentliche Zugänglichmachung. Alle Rechte vorbehalten.

Bibliografische Information der Deutschen Nationalbibliothek:
Die Deutsche Nationalbibliothek verzeichnet diese Publikation in der Deutschen Nationalbibliografie; detaillierte bibliografische Daten sind im Internet über http://dnb.d-nb.de abrufbar.

www.biskuitrollerückwärts.de

Inhalt

Hufnagel wechselt die Spur 7

Veganes Frauencafé Denzstraße 12

Bundesbeflockungsverordnung........... 15

Hufnagel näht geradeaus 19

Katholische Leihbücherei Denzstraße 23

Moldawische Riviera 26

Helgas Welt 30

Gulaschkanone 33

Maulaffen 36

Das Eins-Zwei-Drei-Prinzip 39

Deutsche Drehtür GmbH
oder Hufnagel dreht durch 42

Geschlossener Vollzug................... 47

Hufnagel
wechselt die Spur

Die A16 war eine der weniger befahrenen Verkehrsadern der Region Mittelland und ein Paradebeispiel für den verlängerten Bremsweg träger Strukturen. Jahre nach dem verkehrstechnischen Optimismus der 1970er Jahre hatte sich das Projekt A16, wenig beachtet, aber nicht abbremsbar, durch verschiedene Verwaltungsebenen gearbeitet und war dann schon aus rein behördlichen Gründen nicht mehr aufzuhalten gewesen, wenn auch inhaltlich völlig unnötig.

So war es heute möglich nach dem Klockstedter Dreieck die fünfspurig untertunnelte Zwiebelbach-Talsperre mit 140 km/h zu passieren und die Ortsgemeinde Vierlinden-Zwiebelbach schon in sechzehneinhalb Minuten zu erreichen und nicht erst in achtzehn. Außerdem gab es jeweils eine beschauliche Raststätte vor, nach und unter der Talsperre, wo den ermatteten Motoristen in bürgerlich-rustikalem Ambiente nur unwesentlich überteuerter Treibstoff, vorfrittierte Rahmschnitzel und regionale Holzschnitzkunst feilgeboten wurden. Hufnagel liebte die A16, die auch durch die Tatsache bestach, dass sie relativ wenig, um nicht zu sagen fast gar nicht, befahren wurde.

Seine Mitarbeiterin Frau Knäpplich besaß eine Ferienwohnung am Ürzlsee, nur wenige Kilometer abseits der Zwiebelbach-Talsperre. Der stets wohlmeinende Vorgesetzte Hufnagel hatte sich selbstverständlich bereit erklärt, dort während der jährlichen Registratur- und Ablagetage gelegentlich nach den Rosen zu sehen. Auch wenn er sich gefragt hatte, was unbeaufsichtigte Rosen schlimmstenfalls treiben könnten und für sich selbst zu keiner vollständig befriedigenden Antwort gelangt war.

Also fuhr er auf der nagelneuen A16 durch die frühsommerliche Landschaft in Richtung Ürzlsee. Helgas alter Fiat schnurrte zufrieden vor sich hin und Hufnagel summte ein kleines Lied. Am Straßenrand bewarb die Raststätte Zwiebelbach-Nord die Vorzüge von Rahmschnitzel.

Hufnagel war ein großer Verfechter der effektiven Nutzung von Steuergeldern und hatte ermittelt, dass die linken beiden Spuren der A16 selten befahren wurden und daher der Asphaltkörper in seiner Gesamtheit eine unzweckmäßige und unregelmäßige Abnutzung erfuhr. In logischer Konsequenz befuhr er daher auch heute abwechselnd eine der beiden wenig benutzten Spuren, wobei er aus Gründen des Ausgleichs nach jeweils 1000 Metern wechselte. Das dadurch erzeugte zusätzliche

Gefühl von steuerlicher Harmonie beflügelte ihn. Er schaltete in den zweiten Gang und gab sich dem Rausch der Geschwindigkeit hin.

Fröhlich hupend zogen rechtsspurig ein LKW und ein Reisebus an ihm vorbei. „Der Kreis Zwiebelbach ist von lebensfrohen Menschen bewohnt", dachte Hufnagel bei sich. „Frau Knäpplich hat Recht daran getan, ihren Zweitwohnsitz an den Ürzlsee zu verlegen." Er hupte freundlich zurück und kurbelte das Fenster herunter, um die gute Luft einzuatmen.

Wegen des vorgenannten Ausgleichs wechselte er wieder auf die linke Spur. Ein Kind auf einem Tretroller reichte ihm durch das geöffnete Seitenfenster einen Strauß Blumen, es war ein herrlicher Tag. Um aus dem Handschuhfach ein paar Bonbons herauszukramen, war es nötig, leicht abzubremsen. Ein Polizeiwagen mit Blaulicht fuhr vorbei. Formidabel, wie man hier auf die Sicherheit achtete und regelmäßig die Funktionen des Dienstgerätes prüfte. Hufnagel schätzte gerade diesen Beamtenethos sehr und entschied sich ebenfalls, abwechselnd das Fernlicht, die Warnblinkanlage und die Nebelschlussleuchte auf Funktionsfähigkeit zu testen.

Die Autobahnpolizei von Zwiebelbach um Kommissar Ständlich war eine sympathische

Truppe und hatte Hufnagel freundlicherweise auf den Standstreifen gewunken, um ihm einen guten Tag zu wünschen. Die gewinnende Art der Zwiebelbacher lud zu einer kleinen Plauderei ein und Hufnagel berichtete von Frau Knäpplichs Rosengarten und seiner speziellen Strategie zur gleichmäßigen Abnutzung der Fahrbahnen. Die Beamten waren aufgeschlossen und zuvorkommend. Das Thema schwenkte über auf allgemeine Aspekte der Verkehrssicherheit und dann auf Hufnagels Ex Helga, der die bekanntermaßen frauenverachtenden Strukturen des TÜV Mittelland immer ein Dorn im Auge gewesen waren und deren Wagen Hufnagel nach der Trennung von Helga in ihrem Sinne weiterfuhr.

Kaum daheim bei Kommissar Ständlich durfte Hufnagel ein kleines, aber blitzsauberes Räumchen beziehen, das der Kommissar offenkundig immer für Gäste bereithielt und von außen vorsorglich verriegelte. Der Kommissar war wirklich sehr um Hufnagels Privatsphäre bemüht. Hufnagel atmete die gute Zwiebelbacher Luft tief ein und seufzte entspannt. Die Erledigung der Formalitäten sollte nur vier Tage dauern und Helga würde ihn nach Zahlung einer kaum vierstelligen Summe schon in der kommenden Woche abholen können. Kommissar Ständlich hatte sogar angeboten, nach Frau Knäpplichs Rosen zu sehen. Ein feiner

Kerl, der Kommissar. Hufnagel nahm sich vor, Frau Knäpplich gleich morgen früh eine Postkarte zu schreiben.

Veganes Frauencafé Denzstraße

Freigeistiges Batiken mit Lieselore, selbstgebackener Kuchen für alle FreundInnen und BegleiterInnen. Veganes Frauencafé Denzstraße. Samstag, 8. März, 14-17 Uhr. Hufnagel hatte den Flyer am Vortag achtlos auf das Telefontischchen gelegt. Er empfand sich zwar als Freigeist und dem weiblichen Geschlecht nahestehend, nicht jedoch ausreichend als FreundIn oder BegleiterIn.

Nun aber war es Samstag, fünfzehnuhrfünfzehn und er hatte verabsäumt, Kuchen zu holen. Und er verspürte einen wirklich enormen Kaffeedurst. Lieselore war mal mit Helga zusammen gewesen. Und das Vegane Frauencafé lag nur zwei Minuten die Denzstraße hinunter. Hufnagel war sich zunehmend sicher, den FreundInnen- und BegleiterInnen-Status hervorragend zu erfüllen.

Das Café war gut gefüllt. Aus einer Ecke winkten ihm diejenigen Teile von Lieselore zu, die noch nicht mit Batikfarbe beschmiert waren. Eine unbekannte Knöchrige wies ihm einen abseitigen Tisch mit wackligen Stühlen zu, auf dem ein Schild „Männer etc." aufgestellt war. Das war ihm recht, vor allem, da noch kein weiteres Etcetera eingetroffen war und er also in Ruhe Kuchen essen könnte.

Die Knöchrige tauchte auf und rief „Freiheit!". Hufnagel nickte geistesgegenwärtig und rief ebenfalls: „Freiheit! Und Mohnkuchen! Und Kaffee!" Die Knöchrige erkundigte sich, ob er Ahornsirup oder veganen Stusszucker wolle. Möglicherweise hatte sie ein anderes Wort verwandt, aber im vorderen Bereich hatte eine Dame im olivgrünen Kampfanzug begonnen, in ein Megafon zu schreien. Er wählte den veganen Stusszucker und begann, sich prächtig zu amüsieren.

Die olivgrüne Megafonfrau verkaufte Lose, mit deren Erlös sie anderenorts die weithin bekannte Unterwerfung von irgendwas zu bekämpfen gedachte. Das „Anderenorts" erschien Hufnagel aufgrund der Lautstärke des Megafons besonders bedeutsam. Er kaufte direkt 20 Lose und gewann ein prächtiges und wahrlich großformatiges Ölgemälde eines weiblichen Geschlechtsorganes. Dies löste eine unerwartete und nicht aufzuhaltende Spirale feministischen Frohsinns aus. Die Knöchrige hub lautstark an, die Internationale zu singen. Hufnagel fand sich nur Sekunden später in einer Polonäse wieder, die zu den Klängen sozialistischer Folklore zwischen Batikstation und Verkaufstresen pendelte. Im Vorübertanzen bemerkte er anerkennend die vorbildlich getrennten Toilettenzugänge mit den liebevoll handgemalten Schildern „Frauen" und „Etcetera".

Zum gleichen Zeitpunkt musste ihn ein mit hoher Geschwindigkeit vorbeifliegendes Päckchen Stusszucker am Kopf erwischt haben. Über den weiteren Verlauf sind dann auch verschiedene Varianten bekannt. Gesichert ist, dass wenig später eine ausgelassene Menge das nahegelegene Bezirksrathaus stürmte, den Fristenbriefkasten mit Mohnkuchen verstopfte und eine Übergangsregierung ausrief.

Hufnagel erinnert sich an den Nachmittag gerne und nimmt sein neugeschaffenes Regierungsamt der Stellvertretenden Frauenbeauftragten sehr ernst. Zu welchem Zeitpunkt der Ereignisse er in den Besitz eines dunkelbraunen Jute-BHs kam, bleibt ungeklärt.

Bundesbeflockungs-
verordnung

Frau Knäpplich hatte auf den Missstand schon länger hingewiesen. Die Behörde war in kurzer Zeit rasch gewachsen, so dass eine personelle Zuordnung, hier besonders von Dienststelle und Dienstrang, nicht immer sofort möglich war. Dies aber war notwendig, damit Frau Knäpplich vorsprechenden Personen gegenüber sofort und ohne Rückfrage den erforderlichen Grad von Frostigkeit walten lassen und die Wichtigkeit des jeweiligen Belanges einschätzen konnte sowie den Vorsprechenden Hufnagel zuführen oder aber an eine weit entfernte Dienststelle mit ungünstigen Öffnungszeiten verweisen konnte.

Einen ungeregelten Personenverkehr in der Dienststelle konnte Hufnagel nicht zulassen, da es eine Erschütterung der behördlichen Abläufe sowie des administrativen Ganzen auslösen würde. Das galt es zu vermeiden und Hufnagel hatte eingewilligt, Frau Knäpplichs Projekt zur Behebung des Missstandes zu unterstützen. Behördenleitung und Betriebsrat hatten aufgrund Hufnagels fachlicher Empfehlung und des rein informatorischen Hinweises auf Frau Knäpplichs weitreichende Befugnisse bei der Zuteilung von Sitzungsgebäck unverzüglich zugestimmt. Die Kragenspiegel an Hemden und Blusen im Behördenbereich waren ab sofort mit Dienstrang und Dienststelle zu kennzeichnen und Hufnagel würde das Weitere veranlassen.

Also war alles fein und Frau Knäpplich hatte Hufnagel zum Vormittagskaffee zwei Butterkekse zugeteilt, was ihn in eine gehobene Stimmung versetzte. Er summte eine kleines Lied, während Frau Knäpplich im Vorzimmer die Möbel alphabetisch ordnete, was ihrer Aussage nach der Entspannung diente, und er hatte es nicht in Frage gestellt, um die allgemeine Versorgungslage nicht zu gefährden.

Das Telefon klingelte.

Eine Frau Dr. Klockberger von der Außenstelle für konsularische Belange lobte das Projekt „Kragenspiegel" kurz, um dann sehr viel länger auszuführen, dass alle Mittelbehörden im diplomatischen Kontakt derartige Projekte unverzüglich anzuzeigen hätten und dass im Weiteren die Bundesbeflockungsverordnung zum Tragen käme, hier vor allem Paragraph 17a, und ob Hufnagel sich der Konsequenzen bewusst wäre. Hufnagel waren besonders die Konsequenzen im Gebäckbereich bewusst, so stimmte er Frau Dr. Klockberger in allen

Punkten uneingeschränkt zu, um dann raschmöglichst aufzulegen.

Frau Knäpplich schaute fragend durch die Tür und Hufnagel beeilte sich zu sagen, dass soweit nichts sei und ob sie ihm rasch die Bundesbeflockungsverordnung vorlegen könne, wegen Paragraph 17a, sie wisse schon. Frau Knäpplich trat ein, nahm sehr aufrecht auf dem Stuhl vor Hufnagels Schreibtisch Platz und schaute ihn tadelnd an. Sie teilte mit, dass bekanntermaßen alle wichtigen Paragraphen der Verordnung in Band 2 stünden und Band 2 seit 1997 zur Revision eingezogen wäre. Sie spielte dabei wie zufällig an seiner Kaffeetasse, neben der auf einem kleinen Zierteller die zwei Gebäckstücke lagen, und es war ihm, als ob ihre Lippen lautlos das Wort „Luxus" formten. Die Situation erforderte rasches Handeln.

„Sie haben vollkommen Recht, wie dumm von mir", hörte er sich sagen, „dann will ich Sie nicht weiter stören." Frau Knäpplich bedankte sich und sagte, dass sie dann die Beflockung der Kragenspiegel veranlassen würde, das ginge ganz rasch. Hufnagel stöhnte innerlich und lächelte tapfer sein strahlendstes Lächeln. Als Frau Knäpplich den Raum verlassen hatte, aß er sofort beide Butterkekse, prüfte eine Kleinigkeit im behördlichen Intranet und rief dann Frau Dr. Klockberger an.

„Frau Dr. Klockberger, gute Nachrichten!", verkündete er. „Das Projekt wird bereits morgen früh in Veranlassung gehen. Bezüglich Paragraph 17a werden wir die unveröffentlichte Sonderregelung 44 anwenden, das ist doch sicher in Ihrem Sinne. Meine Mitarbeiterin Frau Knäpplich bedankt sich für Ihre Zusammenarbeit und lässt noch fragen, ob die Qualität des Sitzungsgebäcks weiterhin Ihre Zustimmung erfährt." Frau Dr. Klockberger hatte der Anwendung von Sonderregelung 44 daraufhin unverzüglich zugestimmt und noch am Nachmittag ein mittelgroßes Blumenarrangement für Frau Knäpplich zustellen lassen. Hufnagel hatte zum Nachmittagskaffee auf dem kleinen Zierteller 3 Butterkekse vorgefunden und ein warmes Gefühl administrativ-dienstlicher Zufriedenheit hatte ihn noch viele Tage erfüllt.

Hufnagel
näht geradeaus

Tante Marga hatte nach ihrem Dahinscheiden einen größeren Posten antiker Kleinmöbel sowie die hierfür gänzlich unaufgeschlossene Frau Knäpplich hinterlassen. Hufnagel hingegen war dem Charme der Vergangenheit schon immer zugetan gewesen. Auf jeden Fall hatte er nicht Nein sagen können. Der Gründerzeitsekretär war ursprünglich nicht für eine 70er-Jahre-Zweizimmerwohnung ausgelegt gewesen, aber nach Demontage des Treppenhausgeländers in den Etagen eins bis sechs hatte er auch schon fast in die Wohnung gepasst. Und seine Bekannte Lieselore besaß eine bewundernswert vielteilige Sammlung von Stemmeisen, wie sich herausstellte. Also war alles gut gewesen. Auch war ihm die Haustür schon früher zu schmal erschienen, sie hatten nur eine architektonische Defizienz behoben.

Man könnte sagen, dass nun in der Wohnung eine gewisse Gedrungenheit eingetreten war. Eng ist gemütlich, dachte Hufnagel und schlängelte sich hinter den Zierbüsten her zum Aufsatzvertiko. Da blieb er mit dem Fuß am goldverzierten Trittpedal von Tanta Margas gusseiserner Singer-Nähmaschine hängen und strauchelte kurz, konnte sich dann aber fangen. Sein Blick verweilte auf dem Prachtstück aus Guss und Gold. Tante Marga hatte mit diesem stattlichen Möbel der Familiensage zufolge glücklicherweise eben keinen Platz auf der Wilhelm Gustloff mehr bekommen. So hatte Hufnagel das gute Stück schon aus zeitgeschichtlichen Gründen retten müssen.

Gedankenverloren spielte er an der Spule und geriet an eine kaum sichtbare Vertiefung im Holz. Mit einem Klick öffnete sich eine kleine Schublade voller Garn, Nadeln und Vergangenheit. Hufnagel wurde kurzzeitig wieder vier Jahre alt und seine Mutter saß an der Maschine und nähte. Er trat vorsichtig auf das Pedal aus Guss, die Nadel hob sich, die Nadel senkte sich. Ein Gedanke begann eine Schlaufe zu beschreiben, die sich unmerklich fester zog. Jemand öffnete den Rechner, eine Hand führte die Maus, eine freundliche, zuversichtliche Frauenstimme begann zu dozieren. Traumwandlerisch fädelte Hufnagel verschiedene Fäden durch verschiedene Ösen und wurde erst wieder wach, als ein intensiver Stich seinen Zeigefinger durchfuhr, in den sich mit überraschender Kraft eine Nadel gebohrt hatte. Die Traumfrau hatte verabsäumt, auf die Notwendigkeit von Stoff im Nähvorgang hinzuweisen.

Hufnagel ließ sich dennoch nichts weiter anmerken. Wieder im Jetzt angekommen, begann er, das Thema systematischer anzugehen. Er rief Helga an, sie war schließlich eine Frau. Natürlich sagte er ihr das so nicht, als erfahrener und moderner Mann. Helga verkündete mit diktatorischer Bestimmtheit: „Du musst zuerst geradeaus nähen lernen. Näh ein Kopfkissen." Hufnagel stellte die Weisheiten der Vorsitzenden Helga nicht in Frage, zerteilte einen alten Pyjama fein säuberlich in zwei Teile und begann mutig, eine überaus gerade Naht anzustreben. Der Stoff zog sich aus eigener Erwägung sofort und unwiderruflich wellenförmig zusammen und bildete ein putziges Knäuel, das mit der Nähnadel eine unzertrennbare Einheit bildete. Hufnagel riss aus verschiedenen Richtungen an dem Knäuel. Vorsichtig, dann bestimmt, dann beherzt. Das Knäuel ließ sich nicht beeindrucken, aber eine der nahen Büsten geriet ins Schwanken und touchierte das Aufsatzvertiko mit einem Seitenhieb, so dass dieses zunächst erstaunlich leise, dann beeindruckend laut in die gegenüberliegende Vitrine stürzte und die übrigen Büsten mit sich riss. Schon nach mehrstündiger Aufräumphase hatte Hufnagel die meisten Möbelteile entkeilt und entsorgt, Scherben weggefegt, Splitter entfernt.

Im Eingangsbereich hatte sich daraufhin ein angenehmes Gefühl von Freiraum eingestellt.

Dankbar schaute Hufnagel auf die Nähmaschine, die vollkommen unbeschädigt geblieben war. Er lächelte. Beherzt schnitt er das kleine Stoffknäuel aus der Maschine heraus, es war ihm eigentlich ganz gut gelungen. Er pinnte es sich mit einer Sicherheitsnadel an die Weste. In den Flur würden jetzt doch Tante Margas Chippendale-Sofa und das Nussbaum-Cembalo passen. Es wäre sonst auch zu schade gewesen.

Katholische
Leihbücherei Denzstraße

Die Denzstraße war eine Wohnstraße mit vereinzelten Ladenlokalen. Für Hufnagel lag die Denzstraße auf direktem Weg zwischen Wohnung und Straßenbahnhaltestelle. Der Drogeriemarkt in der Denzstraße war gut sortiert, weiter hinten befand sich das vegane Frauencafé. In der Zeit mit Helga hatte er dort oft bei Birkenrindenkaffee leiden müssen. In der Zeit mit Helga war eben auch nicht alles gut gewesen. Und es gab die Katholische Leihbücherei Sankt Luzian. Er hatte sich oft gefragt, warum eine Leihbücherei eine Konfession haben musste. Möglicherweise wollte der HERR nicht einfach jedem jedes Buch leihen. Offenbar hatte er da schlechte Erfahrungen gemacht.

Konsul Malakoff hatte Hufnagel eingeladen, den Sommer auf seinem Landsitz an der moldawischen Riviera zu verbringen. Hufnagel war nicht bekannt gewesen, dass Moldawien eine Riviera hatte und es war auf jeden Fall sein Ziel, sich auf die Reise gut vorzubereiten. Also bedurfte es eines Reiseführers. Eigentlich lag die katholische Leihbücherei direkt auf Hufnagels Weg zur Arbeit. Dem HERRN hatte es allerdings gefallen, seine Wichtigkeit durch ungewöhnliche Öffnungszeiten zu betonen: „Ausleihzeiten: Mittwochs, donnerstags und freitags 10-12 Uhr". Das erschwerte den Zugang erheblich. Heute allerdings hatte Hufnagel einen Tag frei und es war Mittwoch, die Gelegenheit war günstig.

Im Empfangsbereich thronte eine mittelalte Dame hinter einer Glasscheibe und schaute abschätzig. Hufnagel näherte sich vorsichtig und grüßte. Er fragte nach der Abteilung mit Reiseliteratur. Die Frau blickte auf und beschied knapp: „Regal 11." Hufnagel überlegte, ob sie ihn nachfolgend von hinten mit einer Armbrust erledigen würde. Er schätzte die Chance trotz der verschiedenen christlichen Glaubenssätze als hoch ein.

Regal 11 spiegelte das wohldurchdachte Konzept der Leihbücherei von Sankt Luzian wider. Offenkundig gab es einen tiefen allgemeinen Wunsch, das Gelobte Land zu Wasser, zu Lande und aus der Luft zu erkunden. Rom war ein weiterer Hotspot, gefolgt von Reisen in das eigene Selbst und Begleitliteratur für spirituelle Wege aller Art. Leicht befremdlich erschien ihm ein Band mit dem Titel „Das Jenseits in Farbfotografien". Aber er wollte nicht urteilen. Unter katholischen Gesichtspunkten war Moldawien wohl zu vernachlässigen. Das hatte er befürchtet. Er entschied sich schließlich für ein in Leinen gebundenes Werk mit dem Titel „Christ in der Fremde – Den Glauben leben".

Die missmutige Dame im Empfangsbereich wies Hufnagel an, etwa drei Raummeter Papier auszufüllen. Er war sich sicher, dass er mit eigenem Blut würde unterzeichnen müssen. Die Vermutung erwies sich jedoch als gegenstandslos. Allerdings würde gemäß der allgemeinen Leihordnung schon nach kurzer Überschreitung der Leihfrist sein Leben verwirkt und seine Seele für immer verloren sein. Was andererseits nichts war gegen die bis zu zweitägige kostenfreie Ausleihe, die, ganz im Geiste des barmherzigen Sankt Luzian, vertreten auf Erden durch die missmutige Dame, jedem wirklich demütigen Entleiher zuteilwerden würde. Die Erledigung der weiteren Formalien nahm keine Stunde in Anspruch und Hufnagel verließ die Leihbücherei in tiefer Dankbarkeit.

Moldawische Riviera

Reisen erfordern gewissenhafte Vorbereitung. Und Hufnagel sah sich auch in einer dienstlichen Verpflichtung. Immerhin hatte das Dezernat 7 die Reise als prioritär eingeordnet, auch wenn es eine persönliche Ebene gab. Die goldgeprägte Einladung des moldawischen Generalkonsulats hatte „Herrn Regierungsamtsrat Hufnagel und Frau Helga" gegolten. Konsul Malakoff hatte Hufnagel noch während der Zeit mit Helga kennengelernt und mit Helga die Vorliebe für starken Branntwein und Rassepudel geteilt. Hufnagel seinerseits hatte damals gelernt, dass sich moldawische Rassepudel großer Beliebtheit erfreuen und neben Branntwein und Atombrennstäben einen nicht zu vernachlässigenden Pfeiler der aufstrebenden moldawischen Wirtschaft darstellen. Helga würde diesmal natürlich nicht mitfahren. Und Frau Knäpplich war am kommenden Wochenende auf einer Fachtagung des Bundesverbandes Deutscher Sekretärinnen, um ein neuartiges Ablagesystem zu präsentieren. Er hatte noch kurz an Blaumeyer gedacht, aber der war erstens nur ein Bekannter und würde zweitens auch bei flüchtigem Hinsehen und selbst in Moldawien nicht als weibliche Begleitung durchgehen. Also würde Hufnagel alleine reisen.

Auf dem Rückweg vom Dienst hatte er schon einmal seinen Hartschalenkoffer aus den 1990er-Jahren aus dem Keller geholt. Ein Qualitätsprodukt. Er erinnerte sich, dass das Werbefernsehen seinerzeit mit der besonderen Haltbarkeit des Produktes geworben hatte und ferner, dass in dem Werbespot Elefanten vorgekommen waren. Auf seinen nachfolgenden Reisen war er im Grunde genommen niemals Elefanten begegnet, aber man kann ja nie wissen und Moldawien würde womöglich weitere Überraschungen parat halten. Also war er gut gerüstet.

Konsul Malakoff besaß eine Villa an der moldawischen Riviera im mondänen Kurort Platschowo. Der Einladung hatte ein Faltblatt des moldawischen Ministeriums für Tourismus und Energiewirtschaft beigelegen. Offenbar profitierte der Badeort vom nahegelegenen Atomkraftwerk Platschowo II. Auf jeden Fall garantierte der neu errichtete Hotelkomplex „Progress" ununterbrochene Warmwasserversorgung von Juni bis August, die Wahl der „Miss Energija" mit anschließendem Tanz am Abklingbecken versprach heitere Unterhaltung und die Kureinrichtung „Siebter Mai" warb mit Doktor Patajevas neuzeitlicher Radiumtherapie, deren Erfolge sicher unbestritten, wenn auch nicht näher beschrieben waren. Hufnagel war freudig-optimistisch gestimmt und summte eine kleine Melodie.

Das Telefon klingelte. Konsul Malakoff teilte mit, dass aufgrund einer nicht erwartbaren defizitären Betankung der Moldawischen Staatsfluglinie die Anreise in Privatfahrzeugen erfolgen würde. Das sei aber kein Problem. Bei guter Straßenlage würde die Anreise keine 26 Stunden dauern. Im Übrigen seien die Meldungen über die Unruhen im Larow-Gebirge reine Propaganda. Die Gespräche auf Regierungsebene würden selbstverständlich keinen zeitlichen Aufschub dulden und der Fahrer sei nicht am Samstag, sondern bereits in 10 Minuten bei ihm. Auch sei eine mindere Problematik bei der Verteilung der Hotelbetten eingetreten, ob Hufnagel eine Luftmatratze habe. Und ob sie möglicherweise mit Hufnagels Wagen...?

Hufnagel beflügelte die optimistische Lebenseinstellung der Moldawier. Gut gelaunt verstaute er das Notwendigste im Koffer. Auf dem Bücherbord fiel ihm „Der kleine Ratgeber für die Elefantenjagd" ins Auge. Man kann nie wissen, dachte er und legte ihn zwischen die Leibwäsche in den Koffer. Bei der Wohnungsgesellschaft kündigte er rasch den Mietvertrag und verfügte letztwillig den Übergang seiner Habe zu gleichen Teilen an Helga, Frau Knäpplich und Blaumeyer. Die Türglocke läutete, Hufnagel nahm den Autoschlüssel von der Garderobe und verließ das Haus in bester Stimmung.

Helgas Welt

Helga hatte angerufen. Sie sei jetzt mit Gerfried zusammen, der täte ihr gut. Und ob Hufnagel ihren Kurzzeitmesser noch habe, sie würde jetzt in Balkanlack machen und die Trockenzeiten seien SEHR wichtig bei Balkanlack. Balkanlack täte ihr auch sehr gut. Sie hätte die Kommode seiner Mutter mit Balkanlack verziert, das hätte auch die Aura verändert, also die Aura der Kommode, und Gerfried fände das auch. Auf jeden Fall würden sie (also Helga und Gerfried, aber nicht die Kommode) morgen nach Mazedonien trampen und er würde sicher GERNE auf Coco aufpassen. Aber er dürfe ihn nicht wieder überfüttern. Und nur Fleisch vom Bioladen, und sie wäre schon auf dem Sprung zum Frauenyoga, und er wäre immer noch ihr süßer Bär, tschü-hüss.

Hufnagel seufzte und wusste, dass ihm Helga soeben einen immer noch süßen Bären und ihren urdummen Königspudel Coco im für Helga praktischen Doppelpack aufgebunden hatte.

Seit der Trennung von Hufnagel hatte Helga sich auf verschiedene Weisen neu erfahren. In kurzer Abfolge war sie Kommunistin, Geistheilerin, Buddhistin, und Kunstdichterin gewesen.

Auf diesem Weg hatten sie in ebenso kurzer Abfolge Pavel, Damian, Srinagiwan und Lieselore begleitet. Gemeinsam hatten die neuen Erfahrungen und die neuen Weggefährten gehabt, dass sie Helga sehr gut getan hatten, sagte Helga. Alle hatten Helga und Coco viel mehr geliebt als Hufnagel das jemals gekonnt hätte, eben auf einer tieferen Verstehensebene, und alle hatten Coco selbstverständlich immer nur Fleisch vom Biomarkt gekauft, jedenfalls in der sehr kurzen Zeit, in der sie nicht mit Helga nach Kuba, Siebenbürgen, Indien, Irland reisten und bevor sich ihre Wege in tiefem metaphysischen Einvernehmen wieder trennten.

Jetzt also Balkanlack-Gerfried. Und Coco, der anhängliche aber urdumme Königspudel, elegant angedient zum Ferienaufenthalt im heimischen Hotel Hufnagel. Ein weiteres Mal. Hufnagel setzte sich. Er fühlte sich sehr, sehr müde und sehr, sehr leer. Seine Gedanken verloren sich, das Radio verbreitete eine angenehme Klangdecke.

Coco rüttelte an seiner Schulter. Er musste eingenickt sein. Hufnagel schreckte auf. Coco sagte: „Jetzt steh endlich auf, der Balkanlack ist gleich trocken, begreifst du das nicht?" Hufnagel begriff sofort, das wäre prekär, Helga war da sehr empfindlich. Coco hatte den Wohnbereich bereits kunstvoll mit Balkanlack verziert, Pudel haben bekanntlich ein Händchen für dekorative Malerarbeiten. Der Nordmende-Fernseher von Tante Grete trug pastellfarbene Ornamente und Hufnagel musste an Aura denken, konnte aber mit dem Wort selbst nichts anfangen. Coco sagte: „Ich bin Gerfried, ich arbeite seit Montag im Biosupermarkt. Soll ich dir Fleisch mitbringen?" Hufnagel bedankte sich und bestellte zwei Pfund Hohe Rippe. Eine Glocke schellte.

Hufnagel wurde wach. Das Telefon klingelte, es war Helga. Gerfried sei leider kurzfristig zu einem Hilfskonvoi nach Krakvanice abberufen worden. Und Danke noch einmal für sein Angebot, er sei ihr süßer Bär. Vermutlich führen sie aber nächste Woche, tschü-hüss. Hufnagel atmete erleichtert aus. Er rieb sich die Augen, streckte sich. Versonnen schaute er auf Tante Gretes Fernseher. Die pastellfarbenen Ornamente gefielen ihm wirklich ausnehmend gut. Coco schlug ihm kameradschaftlich auf die Schulter. „Ich muss jetzt zum Biosupermarkt, dann bis später." Hufnagel bewunderte das neue Wort Aura, das im Raum stand. Aura winkte verschmitzt zurück. Nächste Woche würde er sich an der Volkshochschule für einen Kurs in Balkanlack einschreiben.

Gulaschkanone

Eigentlich war der Ausflug Helgas Idee gewesen. Der Kleinflughafen Schmidtbecke wurde aus Geldern des Regionalstrukturfonds West zu einem Drehkreuz des interstellaren Privatflugverkehrs ausgebaut. Die „Allgemeine Abendzeitung" und der Zweckverband Mittelland hatten das Projekt hochgelobt und die Zukunftsträchtigkeit betont. Die Feierlichkeiten würden kommenden Samstag stattfinden. Es gab eine Hüpfburg, eine Tombola sowie Erbsensuppe aus der Gulaschkanone. Hufnagel hatte Helga auf die winzige Unstimmigkeit im Suppenbereich hingewiesen, aber Helga hatte ihn kleinlich genannt. Und kleinlich wollte Hufnagel auf keinen Fall sein. Er hatte sich vorgenommen, besonders liberal zu urteilen, selbst wenn es aus der Gulaschkanone Linsensuppe geben würde.

Helga hatte sich vor zwei Tagen von Balkanlack-Gerfried getrennt und kam in solchen Fällen gerne auf ihre verschiedenen Exmänner zurück. Das Los hatte Hufnagel getroffen und es war ihm ganz recht gewesen, da zur Zeit die Visa-Abteilung des Moldawischen Generalkonsulats in seiner Wohnung Dienst tat – ein Umstand, der durch einen Rohrbruch im Villenviertel bedingt und seinen engen freundschaftlichen Beziehungen zu Konsul Malakoff geschuldet war. In jedem Fall hatten sich schon am vorherigen Wochenende Wohn- und Dienstbelange in Hufnagels Küche leicht überlappt, als der konsularische Wartebereich für Antragsteller bis vor den Kühlschrank ausgedehnt werden musste, umständehalber und natürlich mit vollem Recht. Also seilte Hufnagel sich flink über das Schlafzimmerfenster in den Hof ab, wo Helga schon wartete. Bei einem fliegenden Händler aus der Warteschlange hatte sie eine Handtasche von Prada für vier Euro erworben und strahlte glücklich. Es würde ein guter Tag werden.

Am Kleinflughafen spielte die Freiwillige Blaskapelle beschwingte Weisen aus „Frau Luna" und man konnte das Raketentriebwerk des neuartigen Raumgleiters von innen besichtigen. An der zweiten Triebwerksstufe verkauften die Schüler der ansässigen Grundschule Waffeln, die Gulaschkanone servierte dazu Glühwein und Hufnagel ließ sich nichts anmerken.

Eine Hinweistafel „Günstige Resttickets" am Infostand der Interstellaren Flug GmbH zog Hufnagel magisch an. Offenkundig waren Flüge zum Mond am Mittwochvormittag besonders preiswert zu haben. Beim Erwerb von zwei Tickets winkte zudem der kostenlose Eintritt in ein klassisches Orgelkonzert. Seine Mitarbeiterin Frau Knäpplich liebte Orgelmusik und hatte sich im Übrigen um die Durchführung der neuen Abschreibungsverordnung sehr verdient gemacht. Hier lag die Chance des wohlmeinenden und dankbaren Vorgesetzten. Hufnagel erwarb sofort zwei Flugtickets für kommenden Mittwoch, 6:20 Uhr. Ein Faltblatt verriet, dass sie den Flug in einem induzierten Tiefschlaf verbringen und aufgrund der unglaublichen Fluggeschwindigkeit und anderer physikalischer Umstände exakt zur ursprünglichen Abflugzeit wieder zurück sein würden. Das erschien Hufnagel großartig. In einem Anflug von unerwarteter Emotion drückte er Helga einen Kuss auf die Wange. An der Gulaschkanone reichte man jetzt Frankfurter Kranz und Feingebäck und die Welt war schön.

Maulaffen

Obwohl Helga es nicht zugeben wollte, hatte der Spontankauf des neuen Übermantels in Lottes Second-Hand-Boutique eher unter der Maßgabe der besonderen Preisgünstigkeit stattgefunden, als dass es ein wirklicher Bedarfskauf gewesen war. Hufnagel konnte sich gut erinnern, dass in der damaligen gemeinsamen Wohnung der ihm zugewiesene Platz eher knapp bemessen gewesen war und der Rest der insgesamt 42 Quadratmeter sich im Verlaufe ihres Zusammenlebens ebenso unmerklich wie unaufhaltsam in Helgas begehbaren Kleiderschrank verwandelt hatte.

Helga wiegte sich zufrieden gurrend vor dem großen Spiegel im Korridor. „Das ist Maulaffenfell, eine Rarität. Schau nur, wie glatt es verarbeitet ist." - „Dein blauer Steppmantel ist doch noch ganz neu", wagte Hufnagel. Helga schaute ihn strafend an. „Den kann ich wohl kaum im Theater tragen." Hufnagel konnte sich nicht erinnern, dass Helga jemals ins Theater gegangen wäre. „Ich glaube, dass Maulaffen in der freien Wildbahn fast ausgestorben sind", versuchte er zaghaft. - „Paperlapapp", zischte Helga, „was du immer hast!" Sie stürmte erbost aus der Wohnung und warf die Tür unsanft ins Schloss.

Hufnagel seufzte. Er erinnerte sich an die beiden kleinen possierlichen Gesellen, die er dieser Tage im Schaufenster der Zoofachhandlung am Kleiwitzdamm beobachtet hatte. Er würde einen Spaziergang unternehmen.

„Maulaffen stehen definitiv auf der Liste der beliebtesten Haustiere bundesweit", dozierte der freundliche Herr im Zoofachgeschäft, während er eines der beiden braunfelligen Knäuel im Käfig kraulte. Das Knäuel quiekte, drehte sich wendig und senkte relativ viele und überraschend spitze Zähne tief in den Handrücken des Verkäufers. Der Verkäufer zuckte nur leicht und hob den Zeigefinger der anderen Hand: „Maulaffen sollten in keinem deutschen Haushalt fehlen." Nachdem sich ein zweites Fellknäuel im Unterarm des Verkäufers festgebissen hatte, begann sich auf dem Boden des Käfigs eine Blutlache zu bilden. „Schauen Sie nur, wie schön sie spielen", fuhr der Verkäufer fort. „Der Tierschutzbund rät, Maulaffen nur paarweise feilzuhalten."

Hufnagel wies den Verkäufer darauf hin, dass dessen linker Arm begonnen hatte blau anzulaufen, nachdem die beiden Käfigbewohner ein Stück Fleisch aus seinem Handballen gerissen und sich in ihr Plastik-Häuschen mit dem roten Schornstein zurückgezogen hatten. „Das ist nicht der Rede wert", entgegnete der Verkäufer. „Achten Sie darauf, Maulaffenfrischfutter nur im anerkannten Maulaffenfrischfutterfachhandel zu erwerben. Die drolligen kleinen Zeitgenossen sind wahre Gourmets und merken den Unterschied sofort."

Der Verkäufer fing an, schwer zu atmen. Schweißperlen bildeten sich auf seiner Stirn. Der mittlerweile blaugrün angelaufene Arm zuckte unkontrolliert. „Ich würde Ihnen einen Sonderpreis machen", stieß der Verkäufer nach einer sichtlichen Kraftanstrengung hervor, drehte dann die Augen einwärts und sackte in sich zusammen.

In Wertschätzung des vorangegangenen Verkaufsgespräches wartete Hufnagel den Abtransport des Verkäufers durch das herbeigerufene Notfallteam ab, bevor er sich an einen weiteren Mitarbeiter des Zoofachgeschäfts wandte und das flauschige Duo zum Vorzugspreis von nur 850 EUR erwarb. Auf dem Heimweg besorgte Hufnagel für sich und Helga zwei Theaterkarten. Sein Tag schloss sich in bemerkenswerter Vollkommenheit.

Das
Eins-Zwei-Drei-Prinzip

Die Dame am Präsentationsstand im Kaufhaus Klenck hob den Zeigefinger und dozierte triumphierend: „Dank revolutionärem Eins-Zwei-Drei-Prinzip schneiden Sie Rotkohl mit dem neuen RotkohlFix in nur 4 Minuten!" Dabei deutete sie auf eine ca. einen Meter hohe Apparatur aus Plastik mit einer beeindruckenden Handkurbel und lächelte gewinnend. „Das Kaufhaus Klenck bietet exklusiv eine attraktive Finanzierung in nur 48 Monatsraten von jeweils 9,99 EUR."

Hufnagel musste an Ente mit Apfelrotkohl und Klößen denken und konnte fühlen, wie die Aura des Wortes „Gelegenheit" allmählich den Raum erfüllte. Überhaupt war es ihm sympathisch, dass der RotkohlFix einem Prinzip folgte, wie er grundsätzlich der Meinung war, dass viel mehr Küchengeräte einem Prinzip folgen sollten. Er bat die freundliche Dame, das Eins-Zwei-Drei-Prinzip näher zu erläutern.

„Selbstverständlich!", verkündete die Dame strahlend. Mit einem gekonnten Handgriff zerteilte sie einen bereitliegenden Rotkohlkopf mit einem Messer in kleine Scheiben und verkündete „Eins!".

„Die Füllöffnung befindet sich aus Sicherheitsgründen im abnehmbaren Fuß des Gerätes", erläuterte die Rotkohldame, füllte die Scheiben in die Füllöffnung des RotkohlFix und verkündete triumphierend „Zwei!". Nachdem sie den Gerätefuß wieder anmontiert und die verhältnismäßig schwergängige, weil hochqualitative Handkurbel ca. 2 Minuten betätigt hatte, traten die vorher eingefüllten Rotkohlabschnitte wie von Zauberhand an der Oberseite des RotkohlFix in umgekehrter Anordnung und nur wenig verändert hervor. Die Rotkohldame erklärte, dass dieses mit dem einzigartigen Grundsatz der Schonverarbeitung nach Dr. Dremmelmeyer zusammenhinge, verkündete „Drei!" und die anwesenden Hausfrauen brachen in Begeisterungsrufe aus.

Hufnagel spürte, wie tiefe innere Freude von ihm Besitz ergriff. Als die Rotkohldame den – nur heute! – kostenlosen Paella-Aufsatz als Dreingabe in die Höhe hielt, gab es kein Halten mehr. Es gelang ihm, einer rotgesichtigen Drallen seinen patentierten Herrenschirm zielsicher zwischen die Beine zu werfen, so dass dieselbe und mit ihr ein großer Teil der rechtsseitigen Hausfrauenflanke zu Boden ging. Das riss sofort ein Loch in die Verteidigung der Damenliga und Hufnagel konnte drei Meter in Richtung Präsentationstisch vorstoßen, wo ihn eine hagere Hundebesitzerin um ein Haar mit einer Rückschnapp-Hundeleine gefoult hätte, wenn er ihr nicht geistesgegenwärtig das in Griffweite liegende Rotkohlmesser der Präsentationsdame in den Absatz der Korkpantolette gerammt und sie damit reichweitentechnisch nachhaltig eingeschränkt hätte.

Alles andere war ein Kinderspiel gewesen. Für den günstigen Ratenkredit hatte er als Sicherheit Frau Knäpplichs Eigentumswohnung eingetragen, eine Selbstverständlichkeit unter Kollegen, wie er meinte. Das Montageteam würde am kommenden Dienstag die Endmontage vor Ort durchführen und ohne Aufpreis den Küchenboden in seiner Gesamtheit statisch sichern. Die dafür notwendigen bauamtlichen Anträge und Verfahren würde das anerkannte Architektenteam der Firma RotkohlFix Dr. Dremmelmeyer GmbH gegen einen geringen Aufpreis durchführen. Hufnagel war von der gesamtheitlichen Projektleitung beeindruckt.

Insgesamt war es ein fabelhafter Vormittag im Kaufhaus Klenck gewesen. Morgen wollte er noch rasch bei seinem Hausarzt wegen der Rotkohlunverträglichkeit vorsprechen. Anderenfalls würde er Paella bereiten.

Deutsche Drehtür GmbH oder Hufnagel dreht durch

Helga hatte mit ihrer Trennung von Hufnagel nicht nur den Partner, sondern auch Frisur und Arbeitsstelle gewechselt. So trug sie die Haare halblang gestuft (Hufnagel hatte keinen Unterschied festgestellt), mäkelte nicht mehr an Hufnagel herum (Hufnagel hatte einen Unterschied festgestellt) und trat eine Teilzeitstelle als Corporate Enforcement Manager in einem mittelständischen Betrieb der Region an. Helga bestritt, dass es sich lediglich um einen Sekretärinnenposten handelte und wies auf die Berufsbezeichnung hin. Hufnagels Anmerkung, dass sich das Enforcement auf Kaffeebrühen und das Management auf die Beschaffung von Einweggeschirr für Abteilungsfeierlichkeiten bezog, ließ Helga nicht gelten.

Sie hatte Hufnagel gefragt, ob er sie am kommenden Mittwochnachmittag auf die Arbeit begleiten würde, zum Tag des Besten Freundes. Er hatte gemutmaßt, dass der Sinn eines Tags des Besten Freundes möglicherweise eher darin bestünde, einen Hund oder Wellensittich mit ins Büro zu nehmen. Doch Helga hatte das als Unsinn bezeichnet und schließlich hatte Hufnagel eingewilligt.

Die Deutsche Drehtür GmbH hatte sich als Vorreiter auf dem Gebiet der Perpendikularschwingtechnik einen Namen gemacht und Hufnagel freute sich für Helga, dass sie hier ihren Weg als moderne und unabhängige Frau gehen würde. Um Helga zu unterstützen, hatte er daher morgens eine besonders freundliche Krawatte in mattlila gewählt und sich heimlich in der Frühstückspause etwas von Frau Knäpplichs Eau de Toilette hinter das Ohr gesprüht. Für Helga würde er heute sogar die Sitzung des Mittelausschusses schwänzen. Das schien Hufnagel von einem Besten Freund erwartbar zu sein, auch wenn Frau Knäpplich diese Einschätzung offenkundig nicht teilte und den Vormittag damit verbracht hatte, ihn in einer Allegorie äußersten Missfallens strafend anzuschauen und übermäßig dicke und rotfarbige Dokumentenmappen mit der Aufschrift „Dringend" auf seinem Schreibtisch anzuhäufen.

Sie hatten sich für 15 Uhr verabredet. Der beeindruckende Neubau funkelte in Glas und Stahl. Im Entree saß eine Empfangsdame hinter einem Tresen und lächelte Hufnagel freundlich zu. In einem Vogelbauer zu ihrer Linken knabberte ein Wellensittich versonnen an einer Kolbenhirse. „Frau Markbier erwartet mich", sagte Hufnagel. „Natürlich", flötete die Dame. „Gehen Sie nur durch. Helga kommt gleich, sie muss noch rasch Einweggeschirr besorgen."

Hufnagel wandte sich der zentral angeordneten Drehtür zu, als ihn eine Büroangestellte mit einem entweder sehr großen Hund oder aber sehr kleinen Schaf überholte und in die offen stehende Sektion der Drehtür eintauchte. Eine in die Wandpaneele eingelassene, goldfarbene Plakette wies darauf hin, dass es sich um das Drehtür-Präzisionsmodell DT9 mit abhörsicherer Innenraumdämpfung handelte. Hufnagel empfand Stolz, dass seine Helga in diesem Tempel deutscher Ingenieurskunst wirken durfte und trat in die sich ihm eröffnende nachfolgende Drehtürsektion, die lautlos weiterglitt, sich hinter ihm schloss, dann stockte und unvermittelt stehenblieb. Die Schafs- bzw. Hundefrau schaute ihn sofort vorwurfsvoll an und deutete energisch auf ein rotes Schild an der Decke, das den Schriftzug „30 cm", ein Ausrufezeichen und ein unerklärliches Piktogramm trug, das eine Fleischwurst oder eine große Gewürzgurke sein mochte, und neben einem blauen Knopf angebracht war.

Hufnagel lächelte gewinnend und beschloss, das Problem strategisch anzugehen. Er trat einen Schritt von der Glasscheibe zurück. Die Drehtür bewegte sich leicht ruckelnd ein Stück weiter, das angeleinte Schaf (wahlweise der Hund) zwängte sich durch den so entstandenen Spalt und drängte einen auf dem Gang kreuzenden, verhältnismäßig verdutzten Mitarbeiter mitsamt beachtlichem Aktenwagen seitwärts und höchst effektiv in ein Hydrokultur-Grünpflanzenarrangement ab.

Hufnagel bemerkte, dass die Schafs- bzw. Hundefrau ihm wiederholt etwas zuzurufen schien, auch meinte er, eine gewisse Verärgerung zu erkennen, aber möglicherweise täuschte er sich. Er bewunderte, wie perfekt die Innenraumdämpfung funktionierte. Er entspannte sich in der wohltuenden Stille und beobachtete versonnen die sich bewegenden, perfekt rot geschminkten Lippen. Er musste an Süßkirschen denken. Die Süßkirschen schienen wiederholt ein Wort zu formen. Vermutlich Holz. Oder Gold. Oder Wurst. Er versuchte, die Glastür leicht anzuschieben. Nichts. Er wagte einen beherzteren Schub. Ein leichtes Knirschen, dann ein vernehmliches Knacken und die Drehtür-Sektionen bewegten sich unmittelbar und in hoher Geschwindigkeit ein erhebliches Stück weiter, so dass der immer noch angeleinte Schafshund an seinem Halsband aus dem Korridor zurückgezerrt und auf halber Höhe der Drehtür fixiert wurde. Plötzlich erschien Helga im Hintergrund. Hufnagel war klar, dass es nun galt, die prekäre Situation rasch zu lösen. Er winkte Helga aufmunternd zu. Beherzt betätigte er den blauen Knopf neben dem Fleischwurstpiktogramm.

Schon nach kurzer Zeit hatte sich seine Kabine mit Löschwasser gefüllt, so dass es eigentlich Notwehr gewesen war, als er die Sektionswand mit einem kräftigen Tritt in Gänze aus ihrer Umrahmung gelöst hatte. Der kaskadenartige Effekt, der dazu führte, dass sich der gesamte Drehtürkörper im weiteren Verlauf seitwärts in die holzgetäfelte Wand des Entrees fräste, hatte selbst Hufnagel erstaunt. Trotzdem empfand er einen gewissen Stolz, dass sein technischer Instinkt die Lage insgesamt nachhaltig entspannt und auch der Schafsbzw. Hundefrau den Weg in die, wenn auch architektonisch leicht veränderte Eingangshalle kurzfristig freigegeben hatte.

Helga hatte Hufnagel im nachfolgenden Monat nicht wieder zum Tag des Besten Freundes eingeladen. Sie hatte das nicht näher kommentiert, aber Kommunikation war noch nie Helgas Stärke gewesen.

Möglicherweise bestand der Sinn des Tags des Besten Freundes doch darin, einen Hund oder Wellensittich mit ins Büro zu nehmen.

Geschlossener Vollzug

Sicher hätte Hufnagel das Stoppschild nicht entfernen sollen. Aber der Wein war süffig gewesen, die Verankerung im Asphalt zweifelhaft und Helga hatte ihn „Mein kleiner Räuber" genannt. Dann hatte das Schild auch noch vorzüglich in die Nische vor der Gästetoilette gepasst und Hufnagel hatte dem Vorfall keine weitere Beachtung mehr geschenkt.

Als das zehnköpfige Einsatzkommando der Abteilung IV an seiner Tür läutete, war Hufnagel gerade dabei, seine Weinkorkensammlung neu zu organisieren. Der Einsatz von minderwertigen Alternativen zum Traditionsmaterial Kork hatte eine Unstimmigkeit innerhalb der Organisationsstruktur ausgelöst, die nun einer dringenden Neubewertung bedurfte.

Das Einsatzkommando hatte eine bewunderungswürdige Effizienz bewiesen, als es Hufnagel gleichzeitig in einem fast nicht bedrohlichen Schwitzkastengriff immobilisiert, das Stoppschild mit rot-weißem Sicherheitsband von der herandrängenden Öffentlichkeit abgeschirmt und die Korkensammlung platzgenau in den Setzkasten oberhalb der Durchreiche zur Küche rückverbracht hatte.

Hufnagel empfand ehrfürchtiges Staunen angesichts der uhrwerkartigen Präzision, mit der die Wiederherstellung der öffentlichen Ordnung ihren Lauf nahm. In tiefgefühlter Reue unterschrieb er unverzüglich ein längeres Geständnis, in dem er sich gerne auch zu einigen ihm weniger erinnerlichen Vergehen bekannte. In staatsbürgerlicher Dankbarkeit wies er zusätzlich auf eine ganze Reihe von Mittätern hin, um den Mitarbeitern der Ordnungsbehörde ihre Tätigkeit im Ganzen freudvoller zu gestalten. Frau Klapproth aus dem dritten Stock beispielsweise hatte dieser Tage ohnehin geklagt, sie bräuchte dringend einen Tapetenwechsel. Nun konnte Hufnagel ihr als aufmerksamer Nachbar einen Gefallen erweisen und das tat er gerne.

Hufnagel verspürte das sachte Klicken der Handschellen an seinen Handgelenken. Ein wohliges Gefühl administrativer Erfüllung durchströmte ihn. Er empfand den Wunsch, Verwaltungshauptkommissar Schmitz dankbar zu umarmen, unterdrückte den Impuls dann jedoch, letzten Endes und vor allem aus technischen Gründen.

Helga besuchte Hufnagel im Hochsicherheitstrakt der Vollzugsanstalt im erlaubten vierjährigen Intervall. Sie brachte frische Wäsche mit, denn das hatte er dem fürsorgenden Staat nicht auch noch anlasten wollen. Seine Mitarbeiterin Frau Knäpplich ließ ausrichten, dass sie aufgrund der behördlichen Struktur die Bearbeitung des Posteingangs noch etwa 17 Jahre lang problemlos verzögern könne, so dass seine Absenz bis zur Entlassung im Jahre 2037 nicht auffallen würde. Mit Frau Klapproth aus der Nebenzelle hatte er nach einer anfänglichen und für ihn gänzlich unverständlichen Phase weibischer Verkniffenheit ein entspanntes Verhältnis entwickelt und führte mit ihr während des wöchentlichen fünfminütigen Hofgangs gelegentlich einen kleinen Plausch. Vor einigen Tagen hatte sie ihm sogar einen aus einer alten Weißbrotscheibe gekneteten Stiftehalter zugesteckt. Sollte der Antrag durchgehen, könnte er schon in wenigen Jahren einen Kugelschreiber bewilligt bekommen. Er seufzte glücklich.

Alle Kurzgeschichten in diesem Buch sind rein fiktiv, die Handlung und alle handelnden Personen sind frei erfunden. Ähnlichkeiten oder Namensgleichheiten mit lebenden, realen oder juristischen Personen sind rein zufällig. Die namentliche Erwähnung von Orten, Ländern oder Institutionen etc. ist als erzählerisches Werkzeug zu sehen und in keiner Weise wertend zu verstehen.

Kunden, die dieses Produkt gekauft haben, interessierten sich auch für:

Folgen Sie ausgesuchten Widersinnigkeiten, vertrauen Sie dabei ganz der erhöhten Statik doppelter Böden, aber seien Sie auch immer auf der Hut vor sprachlichen Abwegen, kurz: kommen Sie und erlernen Sie die perfekt ausgeführte Biskuit-Rolle rückwärts.

Ein Kompendium absurdlyrischer Kurztexte und Sprachfragmente, eigentlich ein Aufruf zum unbekümmerten Umgang mit Sprache, eine Anregung, Freude in Widersprüchlichem zu suchen und ärgerliche Alltäglichkeiten bei Bedarf humoristisch in die Ecke zu treiben oder mit einem gekonnten Augenzwinkern zu entkräften.

Biskuit-Rolle rückwärts,
Frank Osthoff, epubli 2013,
ISBN 978-3-8442-4504-2

Was machen eigentlich die Neanderthals, woran erkennt man belgische Elefanten und, bitte, wo ist die Raumsonde Rosetta? Viele Fragen, manche Antworten, zusammengestellt in diesem kleinen und liebevoll von Björn Locke illustrierten Traktat.

Der Rheinische Reißverschlussverkauf öffnet die Pforten und bietet Gelegenheit zur Begegnung mit literarischen Kurzwaren unterschiedlichster Art. Das interessierte Publikum ist aufgefordert, nach Herzenslust in Frank Osthoffs poetischem Kramladen zu stöbern und bei Bedarf das eine oder andere Fundstück mit sich heimzutragen.

Rheinischer
Reißverschlussverkauf
Frank Osthoff, epubli 2015,
ISBN 978-3-7375-4282-1